AF596466

A. TOURATIER

LA MARE AU DIABLE

LA CHATRE
IMPRIMERIE L. MONTU

1912

LA MARE AU DIABLE

Dans la notice servant de préface à "La Mare au Diable" datée de Nohant, 12 avril 1851, George Sand s'exprime ainsi :

« Quand j'ai commencé par la Mare « au Diable une série de romans cham- « pêtres, que je me proposais de réunir « sous le titre de " Veillées du Cham- « vreur " je n'ai eu aucun système, « aucune prétention révolutionnaire en « littérature...., une gravure d'Holbein « qui m'avait frappé..... une scène ré- « elle que j'eus sous les yeux, dans le « même moment au temps des semail- « les, voilà tout ce qui m'a poussé à « écrire cette histoire modeste, placée « au milieu des humbles paysages que « je parcourais chaque jour..... j'ai « voulu faire une chose très touchante « et très simple..... je n'ai pas réussi à « mon gré - j'ai bien vu, j'ai bien senti « le beau dans le simple, mais voir et « peindre sont deux ! Tout ce que l'ar- « tiste peut espérer de mieux, c'est « d'engager ceux qui ont des yeux

« à regarder aussi. Voyez donc la simplicité, vous autres, voyez le ciel et « les champs, et les arbres, et les paysans « surtout dans ce qu'ils ont de bon et « de vrai : vous le verrez un peu dans « mon livre, vous le verrez beaucoup « mieux dans la nature. »

On a reproché à George Sand d'avoir idéalisé les paysans, de n'avoir étudié en eux que ce qu'ils ont de bon. En lisant la mare au diable, nous serions presque tenté d'être de cet avis. La petite Marie à la Guillette, le laboureur Germain, le père et la mère Maurice, petit Pierre, sont trop parfaits pour n'être autres que créatures sorties de l'imagination puissante et volontairement optimiste de George Sand. Nous les voudrions un peu moins anges et plus humains. Ne nous plaignons pas cependant ; nous avons trop d'occasions dans la vie de coudoyer le mal sous toutes ses formes pour ne pas partager l'opinion de l'auteur dans sa préface de la " petite Fadette, p. 3.

« Dans les temps où le mal vient de « ce que les hommes se méconnaissent « ou se détestent, la mission de l'artiste « est de célébrer la douceur, la con- « fiance, l'amitié et de rappeler ainsi « aux hommes endurcis ou découragés « que les mœurs pures, les sentiments « tendres et l'équité primitive sont en- « core de ce monde.... Mieux vaut une « douce chanson, un son de pipeau « rustique, un conte pour endormir les

« petits enfants que le spectacle des « maux réels, renforcés et rembrunis « encore par les couleurs de la fic- « tion. »

Dans son discours aux fêtes du centenaire de George Sand, La Châtre, 15 juillet 1904, André Theuriet, juge ainsi la « Mare au Diable : " une des « œuvres les mieux venues et les plus « parfaites de George Sand. La pa- « ge qui ouvre la Mare au Diable, la « scène du labourage a la largeur et la « sérénité d'un chant homérique. »

Marcel Prévost dans les mêmes circonstances dit : « Elle (George Sand) « comprit que l'humble bouvier me- « nant son araire dans le sillon accom- « plit un acte encore plus essentiel que « l'écrivain menant sa plume le long « des lignes. »

Gabriel Nigond dans les contes de la limousine, p. 6, caractérise en peu de mots les héros du roman

« Oh ! les jolis contes ! v'là l'histoire

. . . .

« La fille à la Guillett', Marie
« Qui prend et garde, au creux d'sa « main,
« La bonne âm', naïve et fleurie,
« Du joli laboureur Germain ; »

Citant la scène du labourage, Jacques des Gachons, dans une plaquette intitulée " La Vallée Noire " édition du Tour de France, tome v. 1911, la qualifie de " merveilleux morceau, « honneur de la littérature française et

« du Berry qui l'a inspiré, car cette « page sur le labourage, si elle peut « être comprise par les hommes de tous « les pays est foncièrement berrichon « ne. p. 6. »

Ayant cité l'appréciation de gens autorisés sur la Mare au Diable, essayons de donner une analyse de cette œuvre.

Le fin laboureur Germain, veuf depuis quelques années, allant chercher femme à Fourche, sur les instances de son beau-père, accompagné de son fils petit Pierre, et la petite Marie à la Guillette se rendant en condition aux Ormeaux se sont égarés dans les bois de Chanteloube. Germain connaissait le chemin jusqu'au Magnet. Son beau-père lui avait dit « qu'à la sortie des bois il au- « rait à descendre un bout de côte très « raide, à traverser une immense prai- « rie et à passer deux fois la rivière à « gué. p. 63.

« Mais croyant qu'il aurait plus court « en ne prenant pas l'avenue de Chan- « teloube, mais en descendant par « Presle et la sépulture (1)...il se trom- « pa... et il ne s'en aperçut pas, si « bien qu'il tourna le dos à Fourche et

(1) Nous trouvons au cadastre, section B. n° 251 le cimetière, a proximité de la chapelle Saint-Jean et de la Motte de Presle ; comme ce nom de sépulture n'existe pas aux états de section, nous pensons que c'est bien le n° 251 que George Sand a voulu désigner, d'autant plus qu'il se trouve sur l'itinéraire le plus court de Corlay à Fourche.

« gagna beaucoup plus haut, du côté « d'Ardentes. p. 62 et 63.

La nuit arrive, le brouillard devient plus épais. La Grise chargée avance difficilement parmi les fondrières et les troncs d'arbres. Nos voyageurs s'arrêtent, passent les rênes de la jument dans une branche d'arbre.

S'ennuyant fort de ce voyage, d'un coup de reins, la Grise dégage les rênes, rompt ses sangles et, dans une demi-douzaine de ruades, part dans les taillis.

Ils décident d'attendre le jour pour continuer leur chemin, ne sachant où ils sont.

« Il y a là une fosse, un étang, je ne « sais quoi devant nous. » p, 67.

Durant cette partie de la nuit où la petite Marie eut l'occasion non cherchée, mais toute spontanée de montrer ses qualités de femme avisée et débrouillarde, d'esprit et d'entendement, Germain sent germer en lui l'idée que cette petite femme :

« qui s'entend à soigner les enfants ; p. 69

« qui est une fille d'esprit. p. 70

« qui n'est jamais de mauvaise humeur ; p. 70

« qui a bon cœur, p. 72

« qui ne fait pas de dépense ; p. 73

« qui ferait une parfaite cantinière ; p. 74

« qui est la fille la plus avisée qu'il ait jamais rencontrée, p. 75

« qui est la plus jolie fille du pays : p. 89.

« Au petit visage frais comme une
« rose de buissons - faite comme une
« petite caille et légère comme un petit
« pinson - toute délicate et ne s'en portant pas plus mal - jolie à voir comme un chevreau blanc - à l'air doux
« et honnête - dont on lit le bon cœur
« dans les yeux - qui a de l'esprit - qui
« est gaie - sage - laborieuse - aimante,
« drôle - que l'homme qui l'épousera ne
« sera pas un sot ; p. 75.

« qu'il ne voit pas ce qu'on pourrait souhaiter de mieux, p. 90. »

Pourrait bien être la femme rêvée et qu'il n'est pas indispensable d'aller à Fourche.

Les paroles de son fils s'endormant, soutenu, dorloté, choyé par la petite Marie : « Mon petit père, si tu veux « me donner une autre mère, je veux « que ce soit la petite Marie » produisent leur effet ; si bien qu'il en arrive à lui dire qu'elle lui plait.

« Si tu voulais m'accepter pour ton « mari, il n'y aurait ni beau-père, ni « parents, ni voisins, ni conseils qui « puissent m'empêcher de me donner « à toi » p. 96.

La Mare au Diable, où se trouvent nos voyageurs attendant le jour pour retrouver leur chemin, n'a d'importance que par la légende ci-après.

« Germain se retrouva bientôt à l'endroit où il avait passé la nuit au bord « de la mare. Le feu fumait encore : « une vieille femme ramassait le reste

« de la provision de bois mort que la « petite Marie y avait entassé. Germain « s'arrêta pour la questionner. Elle « était sourde, et, se méprenant sur les « interrogations :

« Oui, mon garçon, dit-elle, c'est ici « la Mare au Diable, c'est un mauvais « endroit, et il ne faut pas en appro- « cher sans jeter trois pierres dedans « de la main gauche, en faisant le si- « gne de la croix de la main droite. Ça « éloigne les esprits. Autrement il ar- « rive malheur à ceux qui en font le « tour...

« ...Il s'y est noyé un petit enfant !..

« Il y a bien longtemps de ça ; en « mémoire de l'accident on y avait « planté une belle croix ; mais par une « belle nuit de grand orage, les mau- « vais esprits l'ont jetée dans l'eau. On « peut en voir encore un bout. Si quel- « qu'un avait le malheur de s'arrêter « ici la nuit, il serait bien sûr de ne « pouvoir jamais en sortir avant le jour. « Il aurait beau marcher, marcher, il « pourrait faire deux cents lieues dans « le bois et se retrouver toujours à la « même place. 122 et 123.

La même légende est rapportée par de la Tramblais dans ses exquisses et mélanges. (Vve Migné, Châteauroux 1870).

« La forêt de Chanteloube était très « redoutée autrefois. On n'osait y pé- « nétrer qu'en plein jour et non sans « une terreur profonde. Son nom seul

« inspirait la crainte par son expression « significative. Dès la tombée de la « nuit, on entendait de toutes parts les « loups chanter (hurler) dans son en- « ceinte. Les sinistres miaulements des « chouettes se répandaient de tous les « côtés ; des bruits étranges passaient « a travers les hautes cimes des vieux « chênes : les feuilles frémissaient tout « à coup d'elles mêmes, comme agitées « par le vol de lugubres fantômes ; on « eut dit que la forêt subissait l'empire « d'invisibles puissances. Malheur à « l'imprudent qui se trouvait à ces heu- « res maudites égaré dans l'intérieur « du bois. Si son mauvais sort le con- « duisait vers la Fosse au Diable, il « était bien assuré de passer là toute « une nuit d'angoisse et de terreur. La « venu du jour seul lui permettait de « reprendre son chemin et de sortir de « ces lieux pleins d'épouvante. Aujour- « d'hui encore vous ne trouveriez peut- « être pas aux environs un seul pay- « san qui voulût, à prix d'or, aller, à « minuit jusqu'à la Mare au Diable. »

De mêmes que les vieilles coutumes et les costumes locaux, les croyances aux légendes disparaissent. Les esprits se libèrent et aujourd'hui le paysan utilise l'allée de Chanteloube, -- l'allée de la Mare au Diable - à n'importe quelle heure de la nuit si ce chemin lui permet d'arriver par le plus court à ses affaires.

Les gardes de la terre du Magnet y

Cliché Touratier

GEORGE SAND — LA MARE AU DIABLE

Cliché Touratier

GEORGE SAND — LA MARE AU DIABLE

font leurs rondes de nuit, l'esprit aussi dispos que dans les autres cantons du bois de Chanteloube.

Ils se rappellent seulement qu'autrefois on n'y passait qu'avec crainte ; ils savent que l'endroit est resté mystérieux, « qu'ça y fait laid à minuit » ; mais ils sourient quand on leur parle du danger de s'y égarer jusqu'au jour et d'y passer une nuit d'angoissante terreur.

Nous trouvons à la page 92 une très jolie description de la Mare au Diable :

« Enfin vers minuit, le brouillard se « dissipa, et Germain put voir les étoi- « les briller à travers les arbres. La « lune se dégaga aussi des vapeurs qui « la couvraient et commença à semer « des diamants sur la mousse humide. « Le tronc des chênes restait dans une « majestueuse obscurité ; mais, un peu « plus loin, les tiges blanches des bou- « leaux semblaient une rangée de fan- « tômes dans leurs suaires. Le feu se « reflétait dans la mare; et les grenouil- « les commençant à s'y habituer, hasar- « daient quelques notes grêles et timi- « des, les branches anguleuses des vieux « arbres hérissées de pâles lichens s'é- « tendaient et s'entrecroisaient comme « de grands bras décharnés sur la tête de « nos voyageurs : c'était un bel endroit « mais si désert et si triste, que Ger- « main, las d'y souffrir se mit à chan- « ter et à jeter des pierres dans l'eau « pour s'étourdir sur l'ennui effrayant

« de la solitude. »

De peur de souffrir du froid à l'approche du jour Germain portant petit Pierre enroulé dans le manteau de la petite Marie et suivi de cette dernière, se mettent à la recherche d'une maison qui leur ouvrira.

Ils aperçoivent de la clarté à travers les branches,... « mais ce n'était pas « une maison : C'était le feu du bivouac « qu'ils avaient couvert en partant, et « qui s'était rallumé à la brise.

« Ils avaient marché pendant deux « heures pour se retrouver au point de « départ. » p, 94.

Ainsi George Sand, dans le roman, est restée dans la tradition de la légende.

Nous ne nous attarderons pas à raconter les impressions de Germain à Fourche, sa surprise « de se retrouver « en surnuméraire là où il avait compté « être seul » p. 107, de constater que la toilette de la veuve Guérin « était « peu en rapport avec l'idée qu'il s'était « faite d'une veuve sérieuse et rangée » p. 110, ni son retour et les explications qu'il donna au père Maurice, acquiesçant. « Tu n'a pas tort Germain, ça ne se pouvait pas » p. 136.

Le dénouement fut celui qui était le seul rationnel et prévu, il épousa la petite Marie.

Et malgré soi, on est surpris de ne pas, trouver,à la fin de l'ouvrage, comme dans les contes de fées : « Ils vécu-

« rent heureux et eurent beaucoup « d'enfants. » tant dans la vallée Noire les ménages étaient unis et prolifiques.

Cette Mare au Diable qui décida du bonheur de Germain se trouve dans la parcelle 715, section A de la commune de Mers-sur-Indre, au milieu des bois de Chanteloube, dépendant de la terre du Magnet.

Ces bois de Chanteloube « à la tor-« tueuse circonférence (1) » au nom « inspirant la crainte par son expres-« sion significative » (2) faisaient partie des fief et seigneurie de Chanteloube, relevant du Marquisat de Presle.

Nous en trouvons la preuve à la page 65 d'un aveu et dénombrement rendu au roi, le 5 août 1757, par Pierre Jean François de la Porte, chevalier, marquis de Presle, Mers, Saint-Chartier, Sarzay, et autres lieux ; seigneur de Meslay, Saint-Firmin, la Ferté-Avrain, et la Pierre ; conseiller du Roi en tous ses conseils, maître des requêtes ordinaires en son hôtel, intendant de justice, police et finances en Dauphiné, du Marquisat de Presle, terre et seigneurie en dépendantes, relevant de sa Majesté, à cause de son duché de Châteauroux ; le dit Marquisat de Presle, seigneurie et fiefs en dépendans, situé province de Berry, ès paroisses de Mers, Montipou-

---

(1) p. 14 de l'aveu et dénombrement ci-après.

(2) De la Tremblais, 79 et suiv. 1870.

ret. Tranzault, Jeu-les-Bois, Saint-Martin d'Ardente, Saint-Vincent d'Ardente, Maron, Sassierges, Saint-Août Saint-Chartier, Vic-sur-Saint-Chartier, Sarzay, Montgivray, La Châtre, Chassignole, Saint-Denis-de-Jouhet, Le Magny, Saint-Pierre et Saint-Etienne de Neuvy-Saint-Sépulcre ;

« Fief et seigneurie de Chanteloubbe.

« Premièrement, la place où était « autrefois le château de Chanteloubbe, « paroisse de Mers ; autour de la quel- « le place il y a les vestiges des fossés « qui entouraient le dit château.

Plus l'étang du dit lieu de Chanteloubbe, qui jouxte de toutes parts la forêt de la dite seigneurie et les terres de la terragerie de la même seigneurie.

« Plus, la dite forêt de Chanteloubbe, « contenant quatre cents dix arpens ou « environ, en bois taillis qui jouxte « d'une part le chemin de Mers à Issou- « dun, d'autre le pacage et étang dudit « lieu de Chanteloubbe, d'autre les ter- « res de la métairie de la Forest, d'au- « tre la terre de la métairie de la Por- « te du Château de Presle, (1) d'autre « le ruisseau de Chanterenne, (2) et

(1) Ci-devant le Magnet (p. 1 dudit aveu.

(2) Actuellement le ruisseau de Frédefonds. Le nom de Chanterenne a du être changé pour celui moins subversif de Frédefonds, au moment de la révolution, à l'exemple de Neuvy-Saint-Sépulcre, Lys-Saint-Georges, Saint-Denis-de-Jouhet qui sont devenus pour un temps : Neuvy-sur-Bouzanne, Lys-le-Pelletier, Jouhet-les-Marrons.

« d'autre par un bout l'étang de la Ro-
« che.

En 1832, au moment de l'établissement du cadastre, les bois de Chanteloube figurent, en deux parcelles les n° 714 et 715 de la section A, pour une contenance de 192 hectares au nom de Morthon comte de Chabrillant.

A cette époque la Mare au Diable se trouvait en plein bois, éloignée de toute allée.

Après 1851, M. Ernest Rigobert Simons, administrateur des Messageries impériales, président du conseil d'administration du chemin de fer de l'Ouest, officier de la légion d'honneur, qui venait d'acquérir la terre du Magnet de Morthon comte de Chabrillant, agrandit la Forêt de Chanteloube, dont la surface fut portée à 283 hectares en y comprenant le bois Mersa, ancienne garenne de Presle, fit aménager de nouvelles allées dont l'une, celle du domaine de Chanteloube, a coupé la Mare au Diable en deux parties inégales dont la plus grande se trouve à l'ouest.

La Mare au Diable n'a rien qui puisse attirer l'attention, c'est ce qui explique la mésaventure arrivée à M. Dorsand chargé de prendre des clichés destinés à illustrer la causerie faite à Paris, à la société du Berry le 6 décembre 1897, par M. Paul Coutant, sur le Berry de George Sand. (Revue du Berry, janvier 1898. p. 2)

Nous trouvons, en effet, à la page 6

du numéro précité : « La Mare au « Diable n'est pas, non plus, bien loin « de là(du moulin d'Angibault),et j'en- « trevois, tout près, le bois où le petit « Pierre balbutiait sa prière du soir,et le « chemin où Germain passait, sur sa « bonne jument grise, emmenant Ma- « rie en croupe.

« Mais malgré toutes ses recherches, « le photographe n'a pu retrouver ce « site, que l'imagination de George « Sand peupla si poétiquement. »

Afin d'aider aux touristes qui s e raient tentés de se rendre à la Mare au Diable, nous allons donner l'itinéraire à suivre :

Descendre à la gare de Mers, traverser le passage à niveau et prendre la route du Magnet. A 1.500 m. de là, jeter un coup d'œil à la Motte de Presle, à gauche de la route, en face le domaine du même nom.Faire encore 1.400 m. pour arriver au Magnet à la grille principale. Suivre la route de Saint-Aoùt traversant le champ de foire, jusqu'à la petite route d'Ardentes par la Forêt ; conserver la même direction pendant 100 m. et prendre à gauche l'allée de Chanteloube, qui, à 440 m. de là, coupe la Mare au Diable.

La Mare au Diable est de petite surface, si petite même que le cadastre qui représente les mares, abreuvoirs n'en fait même pas mention.

Rien de particulier ne la distingue des autres mares du même bois, sauf la mutilation qu'elle doit à l'allée de Chanteloube.

Nous y trouvons les mêmes arbres, au feuillage filtrant la lumière, la même eau stagnante reflétant vaguement les mêmes troncs d'arbres, les mêmes feuilles mortes tapissant les abords ; mais malgré soi, au bout d'un moment on se sent transporté au pays du rêve ; on revoit les personnages du roman :

Petit Pierre endormi, couché dans la bâtine de la Grise,

Germain songeur et se sentant devenir amoureux,

Petite Marie, préparant au feu de bivouac qui perce à peine le brouillard le repas improvisé ;...

Jusqu'aux grenouilles qui jouent leur rôle, réel cette fois, et qui contribuent à affermir votre illusion.

Etre pris par cette ambiance vaut une visite à la Mare au Diable.

D'autant plus qu'au retour vers Mers à l'entrée du champ de foire, presque au sortir de l'allée de Chanteloube, un émerveillement vous attend... Entre deux masses sombres : le bois Mersa et le parc du château, vous pourrez jouir d'une magnifique échappée sur la vallée Noire, dans la direction de la rivière de Vauvre, vers Sarzay, Aigurande, les premières montagnettes du pays de Creuse.

Vous pourrez contempler ces lointains parés de « cette belle couleur « bleue qui devient violette et quasi

« noire dans les jours orageux » (George Sand, La Vallée Noire p.59.) et qui la doivent aux contrées boisées et à l'air qui y est admirablement pur,

Et si, mis en goût par ce panorama, vous désirez voir, non plus beau, mais plus étendu, il vous restera la ressource de monter au pâtureau de Presle, à la Croix du Plessis ou à Corlay.

A. TOURATIER.

20 août 1912.

www.ingramcontent.com/pod-product-compliance
Lightning Source LLC
LaVergne TN
LVHW052027160826
845678LV00003B/1234

* 9 7 8 2 3 2 9 6 3 9 5 2 9 *